詩集

# オウムアムア

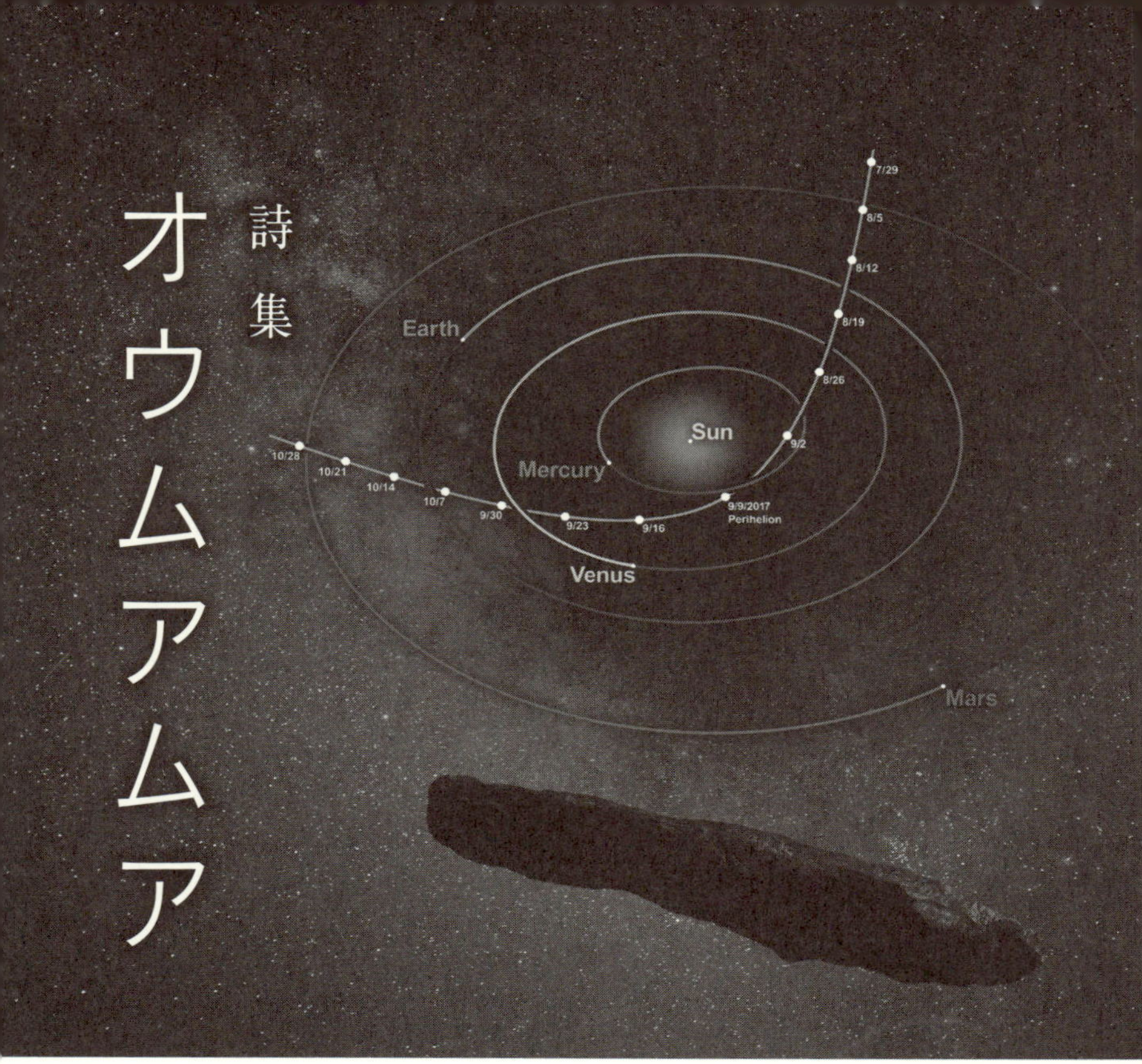


藤田恭子
*Kyoko Fujita*

文芸社

# オウムアムア　目次

二〇一七年一〇月十九日

恒星間天体「オウムアムア」がハワイマウイ島にあるパンスターズＰＳ１望遠鏡で観測された

# 宇宙からのメッセージ

# オウムアムア
## （ハワイ語で「遠くから初めて初めてやってきた」）

二〇一七年一〇月十九日
　ハワイマウイ島にあるパンスターズＰＳ１望遠鏡に
突然飛び込んできて
太陽近くで　反転し
綺麗な双曲線の軌道を描き
飛び出していった　天体「オウムアムア」
それは
太陽系の外からやってきた恒星間天体
ヒトが初めて　観測できた恒星間天体

あぁ　やっぱり　太陽系外から星々は　飛んでくるんだ

地球誕生から　地球に衝突した多くの星々があるはず
今の天文学は計算してくれる
地球に生命が　誕生するまでに
地球に衝突した　恒星間天体は　どれくらいあったか
少なくとも　直径約一〇〇ｍの天体　四〇〇個
　　　　　直径一㎞にもなる天体　一〇個
　この天体　惑星あり　彗星あり

太陽系内の惑星や彗星も　地球に体当たり
その惑星や彗星だって
太陽系外から飛んできた天体と衝突しているはず

地球上の　生命体の構成因子は元素

この元素は　地球ではつくれない

原子番号26の鉄までは　恒星の核融合反応でつくられ
原始番号27からは　恒星の超新星爆発でつくられる
　恒星の超新星爆発の凄まじいエネルギーは
　さらなる核融合反応を誘発
　鉄より重い元素をつくる
　エネルギーが大きいほど　重い元素ができる

地球上の生命体も　この元素から生まれた
元素たちは　様々な生命体を　つくった

では
ヒトの体って　いくつの元素から成り立っている？
三四個です
やはり　私たちの故郷は宇宙
どの星か？　いろんな星の合体か？

複雑なヒトの構成は　宇宙の星々が基
恒星間天体たちは　様々な生命体を運んできた
その生命体たちは　地球環境の変化で　生まれたり　消滅したり
地球環境が自分に適しているとき　生まれて
地球環境が不適になると　消えていく

## 変動大きい地球環境

地球は
　天の川銀河の端っこに生まれた太陽系の惑星の一つ
太陽から離れること平均一億四九六〇万㎞に在る岩石惑星
楕円軌道を描き　約三六五・二五日かけて太陽を一周し
その公転面に対し二三・二六度傾き　二四時間で一回転する

その自転軸の傾きは　太陽の「南中高度」を変化させ
季節の変化を生みだしている

太陽の周りの　ガスやちりから生まれ出た
小さな小さな　岩石惑星が
恒星や銀河のように
たくさんの星と衝突・合体をくり返し　大きくなり
大気に包まれ　海ができた

しかし
四〇億年前　やってきたのは『全海洋蒸発』
巨大な隕石衝突で　岩も石も燃え上がる
燃えて蒸気になる（岩石蒸気）
岩石蒸気は海も陸も覆う
地球表面は沸騰状態

でも一〇〇〇年後　水蒸気は雨になって降り始め
毎日毎日　降る雨は熱い地球を冷ましていった
地球環境が落ち着くと　生命体たちは　動き出す

豊かな海に　太陽の光
光合成する生命体からできた酸素が増える
酸素を吸う生命体も増えるけれど
地球を暖めてくれる　メタンが酸素に結合
地球は　冷えていき
六億年前　原生代晩期
地球表面は凍りついた『全球凍結』

でも
地球表面が沸騰しようが　凍結しようが
隕石は　衝突し
火山は活動　地殻も変動する

三億年前　（古生代　ペルム紀〜三畳紀）
過去六億年間で　最高の温暖化到来
三〇％あった酸素は一〇％に激減した
異常な高温と酸素不足
地球上の九五％の生命体が　滅んだ

徐々に　低酸素状態改善

一億六〇〇〇万年前　（中生代　ジュラ紀後半〜白亜紀）
巨大な爬虫類　恐竜が出現

気候は　氷河期に向かう
氷河期の寒さと隕石の衝突か
六五〇〇万年前　恐竜は絶滅した（新生代　暁新世のころ）

五五〇〇万年前　（新生代　暁新世後半～始新世）
再び地球は　温暖化
地殻下からマグマが噴出し　大陸を引き裂く

メタンハイドレートが高温のマグマに触れて　激しく爆発
海面にはメタンガスの火柱
地球の気温　一〇～二〇℃上昇
氷河が溶けて　大陸がつながる

そして　五〇〇万年以上　温暖化は続く
陸は　豊かな緑に覆われ
南極大陸には亜熱帯の森が広がり
広葉樹は巨大化し
枝を横に張り出し樹間の世界をつくる
樹間生活をする　生命体が誕生する

## ホモサピエンス登場　誕生まで

遠い星から　天体は超高速度で　飛び
生命体たちは　その中でじっとしていた
超高速で　長い時間かけて　飛び続け
地球にやってきた生命体たち

誰に教えられることもなく
地球環境に適応する形態・機能を構成

そんな中
七〇〇万年前
二足歩行するサル目ヒト科の動物が生まれた
地球環境の変化で

数一〇種類のヒトが　生まれたり　消えたり
二〇万年前　ホモサピエンスが生まれ
それまでいた　ネアンデルタール人は　消えていった
勿論　ヒト科同士　交配しながら

ホモサピエンスは
先に滅んだヒト科のヒトの仕組みを　改良しつつ
地球環境に　より適応するために
一個一個の細胞が　その形態・機能を　組み合わせ
様々な複雑なミクロの世界を構成
個々の細胞は　脳や骨　心臓や血管等々
ヒトの姿・機能をつくり
様々な複雑なマクロの世界を構成

様々な感性をも　身に着けた

# 誕生

## ホモサピエンス＝ヒトは

誰に教えられることもなく
数億個の精子の　たった一～二個を選んで
卵子は分割を始め　その中で様々な細胞が
胎児に変化していく
胎児を構成する細胞は
ミクロの発達と　マクロの発達の
バランスを　取りながら　成長する

胎児は生きるための　マクロ・ミクロの世界をつくっていく
二八〇日という　超スピードで

そのもとは三四個の元素
複雑な細胞の構成・機能の基本は　三四個の元素の組み合わせ
その組み合わせ　誰も教えてくれはしない
でも　卵子は　胎児に成長し
新生児となって　誕生する

独りで　周りを見ながら学習する
自分で寝返り　這い這いし　二本足で立ち
歩きはじめる

個々の細胞は　死滅新生を繰り返し　個体を成長させ
やがておとなになる
個々の細胞は　死滅再生を繰り返し　個体を維持

しかし

八〇年から一〇〇年でその機能は　尽きる

サル目ヒト科の　動物　ホモサピエンス
地球上に君臨しているが
その地球四六億年の歴史の中で
ヒト　一人の一生は　ごく短い

ホモサピエンス　個人は消えても
ヒト科の　ホモサピエンスは　二〇万年生き続けている
地球上に生まれ　まだ二〇万年経っただけ
ヒトが生まれ七〇〇万年
　現存種は　ホモサピエンス一種のみ

## スピードを求めて

ヒトは　歩き　走って移動する
時間内での　移動距離はそれなりしかない
秒速二五～四〇㎞の天体の超スピードには　ほど遠い
でも　それを求めるのか
より速く　より速く
馬や牛に乗る・車を引かせる
二頭立て　三頭立て　と　より速く
水の上

泳ぐより　うんと速い
舟を作り　進む
まず　手漕ぎの舟
櫓の数を　増やし
物も人も多く速く　運べるように

やがて
エンジンを発明
動力で船や車を動かす

車をつなぎ合わせ　列車を作る

明治五年　日本の鉄道開業
新橋駅〜横浜駅（現　桜木町駅）を　蒸気機関車が走り
そして
日本国中に　鉄道が敷かれ　国中を蒸気機関車が走る

蒸気機関車は　やがて電車に
列車のスピードは　より速くなり
昭和三九年　新幹線が走った
そしてそして
平成三〇年　北は北海道から南は鹿児島まで
新幹線が日本国中をつなぎ　走っている
時速三〇〇㎞のリニアモーターカーも走る
より速い　ヒトの移動

海の上も　河の上も　エンジンを使い
より速い　長距離の大量輸送

空には
　飛行機が　飛び
宇宙空間へ
　ロケットが　飛び出していく

ホモサピエンス自体　姿・形は　変わらないのに
ホモサピエンスは　歩きだし　走った
ホモサピエンスは　より速く　より速くを
追い求め
限られた時間を　より速く　より速く
限られた時間で　より遠く　より遠くへ

ヒトは
なんだかんだ言うけれど　スピードを好む

移動するとき
歩くだけでは　物足りない
走る

飛行機を飛ばし

宇宙空間へ　ロケットも飛ばした
でも　まだ満足はしていない

恒星間天体
自分たちが　乗って地球に到達した
そのスピード感に程遠い

ヒトの一生　その時間は　同じ
変わらないのに
なぜか　スピードを求め
前進する

ホモサピエンスは　忘れられないのかもしれない
自分たちが　飛んで来たスピードを
そのスピードを求めている

# その一生を　生ききる間

## 地球上　ヒトは生きている　静と動の中で

ホモサピエンスは　生きてきた
超スピードの天体に乗って
地球到達までの　天体の中での　静かな長い時間

それは　ホモサピエンスの無自覚な記憶に残る

ダイナミックな動を求めながら
静かな動の中で　ホモサピエンスは生きている

ヒトは生きる　静かな動・大きな動の中で
地球環境に　合わせながら

## 生活

小さな変化は　日々あるけれど
眠り　目覚め　活動し　また　眠る　の二四時間の繰り返し

きょう一日は「あっという間」だったとか
　　「なんか長い一日だった」とか
この一週間は「遅かった」「速かった」
この一か月は　この一年は　春は　夏は　秋は　冬は
「速く過ぎた」とか「過ぎない」とか
スピード感で　はかっている

月や　太陽の影響を　受けながら
春夏秋冬の繰り返しを　受け入れて

暑いときは　暑さに対し
寒いときは　寒さに対し
静かに　対応し
季節を　楽しむ

短い一生に　希望と夢を抱いて
生きている
今の地球は
ホモサピエンスが生きるのに　適した環境

## 冬　真っ最中

スキー　スケート　スノーボード等々
スピードに乗って
冬のスポーツ　楽しむヒト

地球上　ヒトは生きている　静と動の中で

雪の中
猛吹雪でも
ヒトは　バスを　待つ
黙って　雪まみれになりながら
じっと立って待つ

乗ったバス　カメのような前進
でも　黙って乗っている
ノロノロバスは　満員
時に　ため息をつくけれど　黙って乗っている

## 二〇分の時間

霧のため　徐行運転開始

地球上　ヒトは生きている　静と動の中で

ゆっくり　ゆっくり　走る
二〇分
心は何か　落ち着かない　不安定
霧をぬけ　スピードを上げる列車
ぐんぐん　ぐんぐん　走る
二〇分
何か明るく　跳《はず》む心　心地よい

地球上　ヒトは生きる　短い人生　思い出とともに

# 輝いたころ

春
満開の桜の下
少し大きい新品の服
かなり大きなランドセル
少年　少女　お母さんに手を引かれ
くぐった　校門

今　静かに舞う桜の花びらの下に立ち
思い出す　つい昨日のように
あっという間に　過ぎ去った
男の子　女の子と呼ばれた日々

地球上　ヒトは生きる　短い人生　思い出とともに

青春なんて　呼ばれた時代

## 麦わら帽子

麦わら帽子が　走っている
暑い日射しの　真ん中を
蝉の声　追いかけながら
麦わら帽子が　やってきた
暑い夏が　連れてきた

麦わら帽子が　笑っている
タモの中には　オニヤンマ
蝶々を　追いかけながら
麦わら帽子が　手をふって
暑い夏に　こんにちは

蝉の鳴き声　いつしか消えて
空はとっても　高くなり
蝶々トンボ　追いかけた
麦わら帽子よ　さようなら
来年の夏　会えるかな

麦わら帽子の　少年に
来年の夏　会えるかな

長いようで　短かった夏休み
あっという間の　ことでした

## 紅葉

朝日を浴びて　輝く　紅葉
静かな朝風に　ゆらゆら揺れて
落ちそうで　落ちない葉っぱたち

そんな　木々の前を

人が　歩く
自転車が　走る
バイクが　走る
車が　走る

秋の　ある朝の風景

毎日繰り返した
出勤時間帯

## 冬一番

強い北風　寒い朝
空は晴れたり　曇ったり
極めつけ
たたきつける
横殴りの　あられ
今　冬が　やってきた

強い北風　寒い朝
雪　止むこと忘れ　降り続く
極めつけ

地球上　ヒトは生きる　短い人生　思い出とともに

たたきつける
横殴りの　吹雪
いま　冬が　居座った

# 生ビールの向こう　思い出がみえる

## 去夏風　来秋風

暑い夏風　去っていく

秋の風
最高にちかい　青い空
草むらに　忘れずに咲く　彼岸花
中天　上弦の月

秋の風
すじ雲流れる　青い空
草むらで　忘れず合唱　秋の虫
中天　まん丸い月

琥珀色　生ビールの向こう
聞こえますか　秋の音
みえますか　秋の色
みえますか　昔々が
生ビールの向こう　思い出がみえる

## 星とおしゃべり

少年とよばれたころ

満天の星
大屋根の上で

あたたかさの残る　瓦の上
希望や喜び　時に泣き言
星にくるまれ　おしゃべりした

暑い夏の夜
布団をかぶって　瓦の上
希望や喜び　時に泣き言
星にくるまれ　おしゃべりした
寒い冬の夜

今も

満天の星
大屋根の上に

## ぶんぶん凧

凧あげ大好き　高い空へ

大きな　ぶんぶん四角凧
抱えて登る　大屋根の上
少年の世界　大屋根の上
　瓦を踏みしめ　走る走る
凧は　ぶんぶん　声上げて
空へ上がる　上がる上がる
一生懸命付けた
三本の　長い長い脚　なびかせて

大きな　ぶんぶん四角凧
息　跳《はず》ませる　大屋根の上
少年の世界　大屋根の上
　瓦を踏みしめ　上がれ上がれ
凧に声かけ　凧の声
空に　響く

ぶんぶんぶん　ぶんぶん
三本の　長い長い脚　ありがとう

大きな　ぶんぶん四角凧
息　跳ませる　大屋根の上
少年の世界　大屋根の上
　高く遠くへ　ぶんぶんぶん
彼方に消える　凧の声
凧は　泳ぐ
高い空で　ゆったり
冬の青空　揺れる揺れる　長い長い脚

息　跳ませて　見上げる少年の
凧と脚に　託した希望
大空に　舞う　北風の中を

大屋根は　忘れない
跳む息　踏みしめる足　その笑顔
爪と脚に　託した希望
大屋根の上の　少年の心
空高く　北風の中舞う　少年の心

## マイナス六度

マイナス六度の　その朝は
少年の心　おどらせる
凍った池が　待っている
少年のすべり　待っている
マイナス六度の　その朝は

生ビールの向こう　思い出がみえる

凍った池に　跳む声
心跳ませ　少年は
すべる　池の面　ひたすらに

マイナス六度の　その朝は
凍った池は　知っていた
ひたすらすべる　その心
少年の心　その夢を

## 冬　去るとき

重い雲の　切れ間から
お日様そっと　顔を出す
極めつけ
あっけなく消える

長い太い　つらら
いま　冬が　去っていく

## 年は経たけれど

あっという間の人生
年は経たけれど
楽しみながら　前へ進もう
時折　春夏秋冬　思い出し
　ずっとずっと昔を　思い出し
大切な思い出に感謝して

## 四年三組　集合

### 昭和二〇年　ある小学校　四年三組だった人たちへ

戦争中
小学生は　田植え仕事

「四年三組　集合！

きょうは　佐藤さんちの田んぼだぞ」

「わっ！　しめた　授業ないぞ　どろんこ遊びだ」

田んぼの前　四年三組　五〇人　一列横隊
苗の束　持って
泥の中へ
ゴボッ　ゴボッ

突っ込む足

一直線に　はられた　紐の下
苗を　突っ込む　泥の中
紐が動く　一歩前へ
子どもたちも
苗を持って一歩前へ
前へ　前へ
苗が　なくなると
苗の束　目の前に飛んでくる

やった！　終点　腰伸ばし
眺めた　田んぼ
並んだ苗　きれいだよ
これから背丈が　どんどん伸びて
秋には　豊かに実をつける

四年三組の　仕事終わり
手も足も　顔もどろんこ
笑い顔の　歯が白い
四年三組五〇人も
秋までに　背丈ちょっぴり伸びるかな

生ビールの向こう

苗が植えられた　田んぼ背に
どろんこの笑顔　見えてくる

## 三年五組　集合

昭和二五年　塩釜市立第三中学校　志賀先生に捧ぐ詩

仕事が終わり

琥珀色の　生ビール　その向こう
懐かしい　声が響く

「三年五組　弁当持って　集合」

四限目が社会の日
五限六限　数学英語は　お休みだ
弁当と小さなシャベルと刷毛持って　歩く
少年少女　ふるさと探し　探検隊

歓声が響く　海に山に
大小の土器　顔を出すとき

少年少女の　ふるさと東北は
少年少女の　ふるさとと縄文が
海に山に　眠っている

少年少女の　ふるさと縄文に
生きた人々　その暮らし
海に山に　眠っている

少年は　砂土に　呼びかける
出てきて　出てきて　縄文の人
話をしようよ　話をしよう

大きな土器が　顔を出す
きれいな網目模様　そのままに
少年の心　はちきれそう
大きな歓声　海に山に響く

仕事が終わって
琥珀色の　生ビール　その向こう

懐かしさが　よみがえる
「三年五組　弁当持って　集合」
あの美しい土器たち　今どこに

# 宇宙で生きている　ホモサピエンス

# 小さな太陽系の中で

太陽系では　七五万個の小惑星・彗星が確認されている
太陽系初期の惑星が　二〇〇八年　地球に落下した

地球誕生から　恒星間天体もやってきている
太陽系に　とどまったもの
太陽系惑星に　衝突したもの
太陽系から　飛び去ったもの

専門家は有難い
ちゃんと計算してくれる
なぜなぜなぜを　解き明かしてくれる

## 宇宙で生きている　ホモサピエンス

恒星間天体　常に　一〇〇〇個はあるはずだって
なぜ　彗星の中の成分水分　出てこないか
周りは　炭素の層　炭素の層が五〇cmあれば　中の氷は溶けない

宇宙で高温にさらされて　飛んでいる彗星
表面に炭素の層を形成し
凍った中身をもったまま　地球に衝突したもの
いっぱいあったはず
その中に　生命体はきっといた
今だって　知らない生命体　いるはず

ホモサピエンス
その地球で生きている
二〇万年前に比し　衣食住は変わったけれど
姿　形　ミクロの機能　何にも変わっていやしない

# 再び　オウムアムア

始めて観測された太陽系外の恒星間天体
オウムアムア
二〇一七年一〇月
太陽系の外から　突然飛び込んで
一直線に　飛び込んできて
太陽付近で　反転し
一直線に　太陽系から　飛び出していった

その軌道は　きれいな双曲線
その速度は　秒速二五～四〇km

オウムアムアは　赤っぽくて

長さ八〇〇m　幅八〇m　細長い天体
高層ビルのよう
太陽の光を受けて
明るくなって　暗くなって　また明るくなって
そう　自転して飛んでいる

自転しながら
超スピードで太陽系から　出て行った

オウムアムア
君は
ホモサピエンスを
地球に運んでくれた星々の仲間
ホモサピエンスの　ふるさとの一部

今も　きっと

生命体を乗せた天体があり　超高速度で　飛び
生命体たちは　その中でじっとしている
地球に降り立っても　環境が合わなければ
じっと　どこかで眠っているのか　消えていくのか

## 参考資料

ＮＨＫ　ＢＳプレミアム『コズミック　フロント』
ＮＨＫスペシャル『地球大進化』第1集～第6集（ＤＶＤ　ＮＨＫエンタープライズ21）
松木武彦『全集　日本の歴史第一巻　列島創世記』（小学館　二〇〇七年）
学研教育出版編『美しい元素』（学研教育出版　二〇一三年）
『ニュートン』（ＫＫニュートンプレス）
「大宇宙・前篇・宇宙はどれほど広いのか」（二〇一一年八月号）
「大宇宙・後篇・一三七億年　宇宙誕生の0秒後から$10^{100}$年後の未来まで」（二〇一一年九月号）
「大宇宙キーワードＢＯＯＫ」（二〇一一年九月号付録）
『ウィキペディア』『ギズモード　ジャパン』等のネット記事

**著者プロフィール**

**藤田 恭子**（ふじた きょうこ）

1947年、福井県生まれ。
1971年、金沢大学医学部卒業。
石川県金沢市在住。


■著書
詩集『見果てぬ夢』（2011年、文芸社）
詩集『宇宙の中のヒト』（2015年、文芸社）
『斜め読み古事記』（2016年、文芸社）
詩集『ちいさな水たまり』（2018年、文芸社）
さわきょうこ著として：
詩集『大きなあたたかな手』（2006年、新風舎、2008年、文芸社）
詩集『ふうわり ふわり ぼたんゆき』（2007年、新風舎、2008年、文芸社）
詩集『白い葉うらがそよぐとき』（2008年、文芸社）
詩集『ある少年の詩』（2009年、文芸社）
詩集『ちいさなちいさな水たまり』（2012年、文芸社）


**詩集　オウムアムア**

2019年6月15日　初版第1刷発行

著　者　藤田 恭子
発行者　瓜谷 綱延
発行所　株式会社文芸社
〒160-0022 東京都新宿区新宿1－10－1
電話 03-5369-3060（代表）
03-5369-2299（販売）

印刷所　株式会社フクイン




ISBN978-4-286-20646-2